VENTE

DES MERCREDI 21 ET JEUDI 22 NOVEMBRE 1894

HOTEL DROUOT, SALLE N° 6

à 2 heures 1/4

ÉLÉGANT MOBILIER

Style XVIIIe siècle, de Kriéger

MEUBLES ANCIENS

BELLES TAPISSERIES DES FLANDRES

TENTURES

BRONZES D'ART ET D'AMEUBLEMENT

Œuvres d'artistes contemporains

MARBRE DE D'EPINAY

Bijoux, Argenterie, Tableaux

M° G. BOULLAND

COMMISSAIRE-PRISEUR

26, rue des Petits-Champs, 26

M. A. BLOCHE

EXPERT

25, rue de Châteaudun, 25

EXPOSITION PUBLIQUE

Le Mardi 20 Novembre 1894, de deux heures à six heures

CATALOGUE

D'UN

ÉLÉGANT MOBILIER

STYLE XVIIIᵉ SIÈCLE, DE KRIÉGER

MEUBLES ANCIENS ORNÉS DE BRONZES

Piano à queue d'Erard, Piano droit de Rodès Staub
Salon Louis XVI, Vitrines, Tables, Secrétaire, Bureaux, Commodes
Bahuts, Siéges variés, Salle à manger

BEAUX BRONZES D'ART ET D'AMEUBLEMENT

DE RAINGO, DE COLIN, DE GAGNEAU ET DE GAUTIER

Œuvres de Cugnot, Moreau, Dorval, Steiner, Coutan, Mène, Valton, etc.

Statuette en marbre de d'Épinay : le Casseur de cœurs

BELLES TAPISSERIES DES FLANDRES

Tentures, Tapis, Porcelaines montées
Bijoux, Argenterie, Orfèvrerie de Christofle, Tableaux

DONT LA VENTE AURA LIEU

HOTEL DROUOT, SALLE Nᵒ 6

Les Mercredi 21 et Jeudi 22 Novembre 1894

A deux heures un quart

Par le ministère de Mᵉ **G. BOULLAND**, commissaire-priseur
26, rue des Petits-Champs, 26

Assisté de **M. A. BLOCHE**, expert près la Cour d'appel
25, rue de Châteaudun, 25

Chez lesquels on trouve le présent Catalogue.

EXPOSITION PUBLIQUE

Le Mardi 20 Novembre 1894, de deux heures à six heures

CONDITIONS DE LA VENTE

Elle sera faite *expressément* au comptant.

Les acquéreurs payeront en sus des enchères *cinq pour cent.*

L'exposition mettant le public à même de se rendre compte de l'état des objets, aucune réclamation ne sera admise une fois l'adjudication prononcée.

Paris. — Imp. de l'Art, E. Moreau et Cie, 41, rue de la Victoire.

DÉSIGNATION DES OBJETS

MOBILIER

1 — Jolie table en bois satiné, dessin à losanges, garnie de bronzes ciselés et dorés avec bas-reliefs, jeux de petits amours, pieds reliés par un croisillon, style Louis XVI. Travail de la maison Kriéger.

2 — Bel ameublement de salon composé d'un canapé, deux bergères, deux fauteuils et deux chaises en acajou ciré, sculpté et rehaussé d'or, couvert en soierie fond gris argent broché et rayé à festons fleurs. Style Louis XVI. Travail de la maison Kriéger.

3 — Tabouret de piano analogue.

4 — Canapé forme ottomane couvert en satin crème richement brodé de soie, à corbeilles et guirlandes fleuries, accotoirs forme coussins sur fond de peluche.

5 — Quatre jolies chaises en bois sculpté et

doré, dossier à arcades et colonnettes, bordures perlées, couvertes en soierie brochée à fleurs de différentes nuances. Style Louis XVI. Travail de Kriéger.

6 — Chaise forme dite impératrice en bois sculpté et doré, dessins à rais de cœur, perlés et feuillés d'acchantes, couvertes en soierie analogue à l'ameublement de salon. Travail de Kriéger.

7 — Jolie vitrine en bois de luxe satiné, garnie de bronzes ciselés et dorés avec bas-reliefs jeux d'amours, s'ouvrant à une porte à glace biseautée, fond et tablette en glace. Style Louis XVI. Dessus en marbre brèche d'Alep. Travail de Kriéger.

8 — Jolie petite table s'ouvrant à secret à un tiroir et une tablette en palissandre ciré, garni de bronzes finement ciselés à élégants rinceaux feuillagés, pieds reliés par un croisillon, dessus en marbre rouge et galerie ajourée. Style Louis XVI.

9 — Quatre tabourets de pied en bois sculpté et doré, couvert en soierie brochée fond crème et rayée bleue à guirlandes et festons fleuris. Style Louis XVI. Travail de Kriéger.

10 — Petite table ronde en acajou garni de
bronzes ciselés et dorés à guirlandes de fleurs,
draperies et têtes d'enfants, avec tablette
d'entrejambe, dessus en marbre brèche d'Alep.
Style Louis XVI.

11-12 — Deux belles colonnes en onyx d'Algérie,
à plinthe tournante avec chapiteaux et bases
en bronze ciselé et doré. Style Louis XVI.
Travail de Colin.

13 — Très jolie commode Louis XV, à quatre
tiroirs en bois de luxe de forme bombée, richement garnie de bronzes ciselés et dorés, côtés
à têtes de femmes et amours tenant des
écussons, poignées et entrées de serrures à
rocailles, dessus en marbre fleur de pêcher.

14 — Beau meuble d'entredeux formant biblio-
thèque dans le haut et s'ouvrant dans le bas
à coulisse en bois d'acajou ciré, orné de
bronzes finement ciselés et dorés, à guirlandes, fleurs et rosaces. Style Louis XVI.

15 — Commode en marqueterie de bois, dessin à
damiers, s'ouvrant à trois tiroirs, garnie de
bronzes dorés. Dessus en marbre brèche
d'Alep. Epoque Louis XV.

16 — Deux grandes stalles en bois sculpté. Style
gothique.

17 — Bergère et deux fauteuils Louis XVI, en
bois laqué blanc et filets vert d'eau, couverts
en soieries de différentes nuances, brochées
à fleurs.

18 — Console surmontée d'une glace en bois
sculpté et doré, ornée de figures d'enfants.
Époque Louis XIII, dessus en marbre blanc.

19 — Table en poirier noirci, orné de filets de
cuivre.

20 — Grand bahut à deux corps, en bois sculpté.
Époque Louis XIII.

21-22 — Deux encoignures Louis XV, en bois
de luxe marqueté, garni de bronzes dorés,
dessus en marbre rouge griotte.

23 — Table en marqueterie de bois de luxe,
garni de bronzes dorés Louis XVI, et s'ouvrant à un tiroir.

24 — Très beau secrétaire à quatre faces, en
marqueterie de bois de rose et de violette,
dessin à losanges; garni de bronzes ciselés et
dorés à têtes de béliers, rinceaux feuillagés,
et d'un bas-relief, jeux d'amours. Le panneau
de devant, s'ouvrant à rabat, est orné d'une
peinture vernis Martin, représentant une
scène pastorale dans le genre de Watteau,
dessus avec galerie ajourée. Style Louis XVI.

25 — Quatre chaises volantes, en noyer sculpté et ciré, à rehauts d'or, couvertes en soierie brochée à fleurs de nuances diverses de la maison Fraudet.

26 — Buffet en bois sculpté, à deux corps, à vitraux dans le haut et portes pleines dans le bas, et garni de médaillons et de bas-reliefs en cuivre repoussé.

27 — Deux fauteuils en bois laqué, fond brun à rehauts d'or, couvert en panne bleue. Style Louis XV.

28 — Petite table en poirier noirci et verni, dessus en porcelaine représentant un paon et des coqs. Signé P. Le Couturier.

29 — Deux chaises légères en bois sculpté et doré, style Louis XVI, couvertes en soierie brochée à fleurs fond bleu et rouge.

30 — Deux chaises en bois sculpté et doré, style Louis XVI, couvertes en soie brodée, fond noir et violet, à bouquets de fleurs.

31 — Grand piano à queue, en palissandre verni, d'Erard.

31 *bis* — Casier à musique, en palissandre verni.

32 — Grand canapé forme ottomane couvert en soierie, fond rougé à broderie de soie de toutes nuances à fleurs. Posé sur marche en velours rouge, avec son baldaquin en riche soierie violet et rouge brodée de fleurs.

33 — Porte-parapluie et chapeau à voussure, fond de glace biseautée, en noyer ciré. Style Louis XV.

34 — Ameublement de salle à manger en noyer sculpté, composé d'une table, d'un buffet à deux corps et six chaises couvertes en cuir marron foncé.

35 — Crédence, fronton à voussure, en noyer ciré, ornée de mascarons à têtes d'enfants. Style Louis XVI.

36 — Jolie petite glace, cadre en bois finement sculpté et doré. Époque Louis XIII.

37 — Petite commode de marqueterie de bois à deux tiroirs, dessus en marbre. Style Louis XVI.

38 — Meuble à hauteur d'appui en marqueterie de bois de luxe orné de bronzes. Style Louis XVI.

39 — Table de salon analogue.

40 — Ameublement de salon composé d'un canapé, deux fauteuils et un pouf en broca-
telle, fond vieil or et rouge à fleurs. Style
Louis XVI.

41 — Quatre chaises légères en bois sculpté et
doré, style Louis XVI, couvertes en damas
de soie rouge à dessin blanc.

42 — Coffret à dentelles en bois de palissandre
et marqueterie incrusté de cuivre, à quatre
compartiments.

43 — Chaise longue en deux parties couvertes en
blanc, de la maison Kriéger.

44 — Meuble à hauteur d'appui en bois d'aman-
dier garni de bronzes dorés et de plaques en
porcelaine de Tournai, fond bleu à sujets
genre Watteau.

45 — Grand bureau à cylindre en acajou orné
bronze. Style Premier Empire.

46 — Armoire normande en chêne sculpté,
dessin à corbeilles fleuries. Travail ancien.

47 — Piano droit en palissandre de Rodès
Staub.

48 — Petit bureau en poirier noirci, orné de
plaques en porcelaine décorée et de bronzes.
Style Louis XVI.

49 — Tabouret de piano en peluche vert d'eau
et bois doré.

50 — Glace avec beau cadre en bois sculpté et
doré, orné de figures de chérubins.

OBJETS D'ART

BRONZES, MARBRES, PORCELAINES

51 — Belle lampe de parquet en bronze ciselé et
doré à cariatides d'enfants drapés sur gaines,
supportant la lampe ornée de médaillons à
têtes de femmes reliées par des draperies,
pieds à têtes et pattes de béliers. Style
Louis XVI. Système Dupleix. Travail de
Colin.

52 — Devant de feu en bronze ciselé et doré,
forme vases enguirlandés. Style Louis XVI.
De la maison Colin.

53 — Pare-étincelles en bronze ciselé et doré
avec applique représentant un attribut de
musique attaché par un nœud de ruban au
milieu de guirlandes fleuries. Style
Louis XVI. De la maison Colin.

54 — Colonne avec plinthe tournante en onyx
d'Algérie, base et chapiteau en bronze ciselé
et doré.

55 — Lampe de parquet en bronze doré. Système Dupleix.

56 — Garniture de trois pièces, composée d'une jardinière et deux lampes en majolique, décor à fleurs en relief, monture en bronze dans le goût chinois.

57 — Coupe et deux aiguières en albâtre sculptée.

58 — Groupe en bronze doré et argenté : les trois Grâces. Édition de Gautier.

59 — Deux candélabres à quatre lumières, en bronze doré et argenté, à oiseaux et fleurs.

60 — Jolie statuette en marbre blanc : **le Casseur de cœurs**, de P. d'Épinay, signé.

61 — Deux grands vases en porcelaine de Sèvres, décor fond gros bleu à médaillons, à sujets d'après Watteau, monture bronze, anses formées d'amours jouant de la musique.

62 — Grande pendule forme vase en porcelaine gros bleu de Sèvres et rehaussée d'or.

63 — Deux candélabres à trois lumières, en bronze argenté. Style Louis XV.

64 — Couvert composé d'une fourchette, un couteau et une cuiller en argent ciselé et doré ; manches en nacre.

65 — Veilleuse en verre rouge et cristaux, monture en bronze à six lumières.

66 — Pendule en bronze, nymphe couchée, en bronze de Clodion. Socle en marbre gris.

67 — Buste en marbre : **Mignon**.

68 — **La Rieuse**, buste en marbre.

69 — Devant de feu en cuivre poli avec fleurs de lis en relief. Style Renaissance.

70 — Deux chenets en bronze ciselé et doré, décor à draperies et pommes de pins. Style Louis XVI.

71 — Coupe, forme coquille, en faïence de Satzuma, décor à personnages ; monture à branches fleuries en bronze doré.

72 — Deux lampes formées de vases en Satzuma, monture en bronze bruni et frotté dans le goût chinois. Travail de Gagneau.

73 — Statuette en bronze : Baigneuse, d'après Falconnet.

74 — Garniture de trois pièces, composée d'un groupe en bronze : le **Nid d'oiseaux**, signé *H. Plé*, et deux candélabres formés de statuettes de nymphes drapées portant des

cornes d'abondance d'où s'échappent des rinceaux à dix lumières en bronze doré. Style Louis XVI.

75 — Petite pendule en bronze doré avec figurine de guerrier. Époque Premier Empire.

76 — Garniture de cheminée composée d'une pendule : Amour causant à une petite fille, cadran signé *Charpentier et Cie*, et de deux candélabres formés de vases à anses, têtes de béliers, d'où s'échappent des rinceaux feuillagés à six lumières. Style Louis XVI.

77 — Deux lampes formées de vases en porcelaine de Sèvres gros bleu ombré, monture en bronze ciselé et doré, anses à têtes de béliers. Style Louis XVI. Travail de Gagneau.

78 — Pendule forme tortue en bronze émaillé avec monture en bronze ciselé et doré, sur socle d'applique en bronze frotté et bruni à chimère. Travail dans le goût chinois de la maison Colin.

79 — Grande et belle vasque en émail cloisonné de Chine, fond bleu turquoise, décor à fleurs en polychrome et lambrequins sur fond blanc, socle en bronze doré.

80 — Grand groupe en bronze : **Guerrier gaulois et enfant**, signé: *L. Cugnot*, sculpt. et *Martez*, fondeur.

81 — Petit bronze : **Cerf**, de *J. P. Mène* (signé).

82 — Deux flambeaux en marbre blanc, garnis de bronzes ciselés et dorés. Style Louis XVI.

83 — Jolie garniture de cheminée composée d'une pendule et de deux candélabres à trois lumières en bronze ciselé et doré, dessin à rocailles feuillagées, style Louis XV. Cadran signé : E. Colin et Cie.

84 — Miroir à glace biseautée, formé par un petit Amour portant un tambour de basque. Style Louis XVI.

85 — **La Souris gourmande**, en bronze, de *Valton ;* socle en marbre rouge.

86 — Glace biseautée, montée sur chevalet et cadre en bronze argenté. Style Louis XV.

87 — Petit plateau en métal argenté et gravé.

88 — Garniture de cheminée en cuivre repercé à jour, composée d'une pendule ornée d'une figurine de gnôme et deux candélabres à deux lumières. Style gothique.

89 — Suspension de salle à manger en bronze, à neuf lumières et une lampe.

90 — Deux coupes en bronze doré sur socle en marbre blanc. Style Louis XVI.

91 — **Lionne couchée**, bronze à patine claire de *Valton* ; socle en granit gris.

92 — Plat rond à contours, en métal argenté.

93 — Bonbonnière ronde en émail cloisonné de Chine, fond bleu turquoise et rouge, à animaux et fleurs ; monture en bronze fumé, dans le goût chinois.

94 — Deux vases en bronze émaillé fond bleu, à compartiments rouge et noir, à fleurs.

95 — Réchaud en métal argenté, de Christofle. Style Louis XV.

96 — Grand plateau à anses en métal argenté, de Christofle.

97 — Grande épée à deux mains, en fer forgé, lame flamboyante. (Collection de M. Bouvier d'Amiens.)

98 — Rondache en fer damasquiné d'acier.

99 — Casque japonais.

100 — Lustre en bronze doré et cristaux à dix-huit lumières. Style Louis XVI. Travail de Raingo.

101 — Vase en bronze ciselé et argenté, décor en

relief à amours, petits enfants et petits sa-
tyres tenant des guirlandes fleuries. Style
Renaissance.

102 — Statuette en bronze, patine claire.

103 — **Neptune,** *d'Aug. Moreau ;* socle en marbre
rouge. Édition de E. Colin et Cie.

104 — Statuette en bronze, patine claire : **Mars,**
d'Aug. Moreau, socle en marbre rouge.
Édition de E. Colin et Cie.

105 — Garniture de cheminée composée d'une
pendule en marbre blanc surmontée d'une
figurine de femme couchée sur le cadran, et
de deux candélabres à deux lumières formés
de figurines d'enfants assis sur des socles en
marbre blanc. Style Louis XVI.

106 — Petite pendule en marbre rouge surmontée d'une statuette en bronze doré : **La Nuit**
de *J. Dorval.* Édition de *E. Julien.*

107 — Aiguière en bronze ciselé et argenté ornée de médaillons à têtes de femmes et
d'hommes grecques, en grisaille, sur émail
fond noir, socles en marbre rosé. Style Renaissance.

108 — Statuette en bronze : **La Rosée** de *Steiner,*
édition de E. Colin et Cie.

109 — Statuette en bronze représentant Cupidon tenant un arc et une flèche et regardant deux colombes, signée de *J. Coutan*, édition de E. Colin et Cie.

110 — Groupe en bronze argenté : **Vénus et l'Amour** de *J. Coutan*, édition de E. Colin et Cie. Socle en marbre rose.

111 — Petite pendule forme monument à quatre faces en émail fond brun à fins dessins, monture en bronze ciselé et doré. Travail de E. Colin et Cie.

112 — Groupe en bronze, patine foncée : lion attaquant un homme. Signé de *Taillot*.

113 — Très beau lustre à douze lumières en bronze ciselé, émaillé vert et doré à têtes de femmes et de béliers au milieu d'élégants rinceaux feuillagés style Louis XVI. Travail de Colin.

114 — Deux appliques à trois lumières analogues.

115 — Paire de vases à anses en émail cloisonné de Chine fond bleu turquoise à fleurs en polychrome, monture en bronze doré. Travail de Colin.

116 — Deux jolis candélabres en bronze ciselé et doré à sept lumières formé d'un vase enguirlandé d'où s'échappent d'élégants rinceaux se terminant par des têtes d'amours. Style Louis XVI. Travail de la Maison Colin.

117 — Devant de feu en bronze doré formé de brûle-parfums enguirlandés.

118 — Samovar en cuivre.

119 — Fusil avec canon, signé Bernard.

120 — Vingt-deux assiettes de Sèvres, décors divers.

121 — Très belle suspension de salle à manger en bronze doré au mat à une lampe et neuf bougies ; système à gaz.

122 — Suspension en cuivre ajouré à une lampe et six bougies.

123 — Lustre en bronze, patine foncée et dorée, à douze lumières. Époque Premier Empire.

124 — Support en bois noir sculpté dans le goût chinois.

125 — Devant de feu, porte-pelles, pincettes, balai et pelle, en bronze doré. Style Louis XVI.

126 — Pendule en bronze ciselé et doré formée par deux figurines de femmes assises, cadran surmonté d'un aigle. Époque Premier Empire. Socle en marbre vert orné de bronzes.

127 — Groupe en terre cuite : **la Tentation,** de *Maubach*.

128 — Jolie garniture en bronze, patine foncée et dorée, composée d'une pendule avec figurine de guerrier assis au milieu de ses armes, de deux flambeaux et deux candélabres à six lumières. Époque de la Restauration.

129 — Belle pendule en bronze ciselé et doré avec statuette de guerrier regardant un portrait, cadran signé *Aubert*. Époque Premier Empire.

130 — Fusil à percussion centrale, canon de Saint-Étienne, avec étui.

131 — Fusil à canon double, signé Galand.

132 — Bicyclette, marque « La Dahoméenne ».

TAPISSERIES, TENTURES

133 — Très belle tapisserie des Flandres, représentant le départ d'Ulysse, composition de

nombreux personnages, avec jolie bordure à
chutes de fleurs et fruits.

134 — Tapisserie flamande à grands personnages, bordure à fleurs et fruits.

135-136 — Quatre bandeaux en ancienne tapisserie, décor à fleurs et feuillages.

137 — Décoration de porte en ancienne tapisserie à fleurs et feuillages, formée d'une pente
et d'un bandeau.

138 — Panneau en ancienne tapisserie verdure,
représentant une pièce d'eau et des volatiles.

139 — Tapisserie ancienne, à personnages.

140 — Grande et belle portière en satin saumon,
avec applications de soie à grands branchages
fleuris, moletonnée et doublée de soie.

141 — Grande coupe de soierie fond bleu broché à festons et bouquets de fleurs, Louis XV.

142 — Grand et beau panneau de fond de lit en
satin gris argent avec application en velours
peint : Vénus et l'Amour ; bordure en peluche
bleue paon avec applications de velours et
soieries métalliques à fleurs et rocailles.

143 — Décoration de fenêtre, composée d'un
bandeau et de deux pentes en satin saumon

richement brodé d'argent et de soie ; dessin fleurs et feuillages dans le goût oriental.

144 — Trois portières en satin rouge richement brodé d'argent et de soie, dessin à corbeilles fleuries, garnies de passementeries assorties, doublées de satin rose.

145 — Deux rideaux en soierie genre crêpe de Chine rose, garnis de passementeries et pompons assortis.

146 — Deux stores en soie blanche.

147 — Coussin en peluche bleue avec application en velours représentant une branche de laurier, doublé de satin rose broché à bouquets de fleurs.

148 — Deux coussins en soie rose avec application de dentelle en point à l'aiguille.

149 — Coussin en soierie fond crème à rayures bleue et blanche, brochée à bouquets de fleurs détachées.

150 — Trois panneaux peints sur toile représentant des scènes champêtres. Style Louis XV.

151 — Trois décors de fenêtres en soierie fond gris rayé à festons et bouquets de fleurs détachés avec bonnes grâces et galeries en bois sculpté et doré. Style Louis XVI.

152 — Dessus de piano en satin blanc brodé à
grands entrelacs fleuris garnis de passementeries et de glands assortis.

153 — Grande galerie ancienne d'Orient, fond
bleu, dessin polychrome à bordure rouge.

154 — Carpette genre Smyrne, fond rouge à
médaillon bleu.

MINIATURES, BIJOUX

155 — Miniature rectangulaire : Portrait de
femme en robe de velours bleu avec grand
chapeau garni de plumes blanches. Epoque
de la Restauration. Signé : E. Singry.

156 — Miniature ovale : Portrait d'officier en
grande tenue. Signé : Singry. 1840.

157 — Miniature : Portrait de Cicéri tenant un
livre à la main, par E. Singry.

158 — Miniature : Portrait du peintre Bez, fait
par lui-même.

159 — Miniature sur ivoire : *la Toilette*. Cadre
en bois noir.

160 — Émail sur cuivre : scène religieuse. Cadre
en bois noir.

161 — Jumelle en nacre, monture dorée avec peintures : Enfants au milieu de roses.

162-163 — Quatre bagues anciennes ornées de pierreries.

164 — Tabatière ancienne en écaille incrusté de nacre, avec monture en argent.

165 — Jolie petite glace biseautée à main, en or ciselé, dessin à guirlandes, ornée d'une couronne tout en roses, pesant 129 grammes net.

166 — Miniature rectangulaire : le Départ du mousquetaire.

167 — Deux cuillers à sauces, en métal argenté de Christofle.

168 — Service composé de douze grands couverts, douze couverts à entremets, un service à salade en argent ciselé. Style Louis XV, de la maison Monney, pesant 3,600 grammes.

169 — Montre de dame en or, à remontoir, à semis de roses.

170 — Montre de dame en or avec peinture sur émail : portrait de femme au milieu de roses.

171 — Montre d'homme en or guilloché.

172 — Broche en or avec améthyste entourée de perles.

173 — Tabatière en argent anglais, ornée du buste de Trafalgar. Époque Premier Empire.

174 — Tête à tête en porcelaine à la Reine, composé d'un plateau, un sucrier, un pot à crème et deux tasses et soucoupes, décor gros bleu à semis de fleurs rehaussés d'or.

175-176 — Deux sabres orientaux avec poignées et montures des fourreaux garnies d'argent.

TABLEAUX

CLAUDE (Eug.)

177-178 — *Bourriches de prunes.*
Deux pendants.
Signés à gauche.

VEYRASSAT (J.)

179 — *Chevaux revenant de la baignade.*
Signé à droite.

MALFROY

180 — *Les Peighes (Var).*
Signé à gauche.

RED. :

19